與孤寂等輕

伊格言　　　　與孤寂等輕　　001

当你吹灭我瞳孔中的幻影

黑暗中我便失去了眼睛

伊　格　言

與孤寂等輕

002

像一段誤入歧途的早晨，灰塵裡

停止生長的日光

貝貝，我想和你說話

但我忘記擁抱的文法已很久了

egoyan zheng

伊

格

言

與孤寂等輕

0

0

3

每個夜晚，我凝視螢幕上

萬朵幻覺泅泳的海面

燈塔暈光中，泡沫般的對話框裡

你沉靜消逝

又出現

當我身上每一雙眼睛

都凝視著二十四分之一秒的你——

貝貝，生命實在太漫長了啊

我多麼害怕醒來時發現

自己只是你所有顯像的殘影

伊

格

言

與孤寂等輕

0

0

4

黃昏滅去時

感覺空氣在黑暗中流動

明滅不定的視覺裡

沒有任何一種

適合愛人的節奏

但愛終究如此濕冷啊

雨束襲擊著

心的潮汐

這寂寞又黑暗的世界啊

貝貝，你是我音樂的眼睛

e g o y a n   z h e n g

伊

格

言

與
孤
寂
等
輕

005

快樂的時態是哪種呢？

八月，早晨熾亮

我已清醒而夢還在賴床

蜷在被窩中複習一次

中文的動詞變化

默想一次昨日的臉

背誦一遍

牙刷與漱口杯的擺放規則

再向自己重述一次

複製笑容的三十種方法

我不會再出錯了，貝貝

愛情的不同時態

我已被罰寫了一百次

但從見到你的第一天起

我依舊決定

寫很多很多快樂的詩給你

（儘管那並不容易……）

伊

格

言

與孤寂等輕 *006*

「快樂的關鍵是什麼呢？」
「是我呀！」你說，理所當然的樣子

貝貝，你的臉上有個鑰匙孔
按著它，轉一轉
酒窩們就都被笑出來了

egoyan zheng

伊　　　　　與
　　　　　　孤　0
格　　　　　寂　0
　　　　　　等
言　　　　　輕　7

然而你沒有奪走我的心，你沒有

你只是寫了一篇

關於柏林的小說：

寒夜地堡

廢棄倉庫的塗鴉

解剖臺上輕輕旋轉的鮮花。

咖啡館外，打火機叮叮作響

菸頭明滅不定

黑暗中，鈴聲去而復返

隔日便杳無蹤跡的車轍痕遲疑徘徊在

雪泥地上

雪落一日

始終無人現身。你說。

我曾以為自己渴望自由

我曾以為自由

與血有關

然而我說：胸腔，胸腔是

心的居所

在零下二十度，柏林市郊荒僻的電車站

孤身一人。心跳與血

是曾經唯一的暖手

但你知道嗎？我說：

大雪之後

就是光

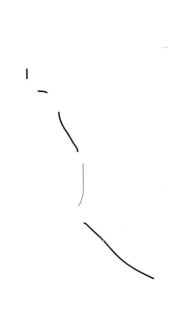

伊

格

言

與孤寂等輕 *008*

「被世界遺忘是一件好事嗎？」

你問，撒嬌般的

嘴唇和眼睛

但我無法回答

我正困處於黑暗中，不能說話

而你的髮間

熾烈的，黑色的風

雨珠擊打著玻璃窗

城市閃爍的燈光擊打著玻璃窗

心與心的碎片擊打著

玻璃窗，窗上

無數朦朧的，彩色的果子……

但看著你，背光的，背光的臉啊

我就忘了那一整個世界

伊 格 言　　　　　與孤寂等輕　009

「昨夜又失眠了……」

你苦著臉，惡夢的斷片

陰影之獸正攀爬夢的拒馬

眼淚與嚎叫奔馳於表情陰冷的大街

貝貝，別怕

惡夢其實只持續了

六十分之一秒的時間

但我依舊不知該怎麼安慰你啊

生活像始終未被翻開的

第七張牌

等待著下一個訊號——

「下次如果再遇見，請允許我

用力捏你一下！」我說。

e g o y a n   z h e n g

伊

格

言

與
孤
寂
等
輕

0
1
0

「你的作品很細膩……」

是啊貝貝，我很開心

但我其實不明白你讀到了什麼——

雪牆抑或麥草？

腥澀的吻，濕潤的眼睛？

這燙手的城市啊

你喜歡雨夜

大過星夜嗎？

心的房間裡，張開眼只看見

睫毛細密的針腳

語音和手正航行穿過我的臉

夜海中我摸索自己

冰涼而滾燙

但貝貝，我其實知道：
在每一場隨時可能結束的筵席裡
你有你的酒，我有我的
你是我的燈，而我只是
你的影子

e g o y a n   z h e n g

伊

格

言

與孤寂等輕

0
1
1

我領著一群盛裝的貴族

幾位三弦琴的樂手

打啾啾領結的精靈與獨角獸

搖晃著光禿頭顱的外星哲學家們

鎮日忙碌著

貝貝，為了你忘記告訴我的那件事

我已這樣排演了一整個夏季

e g o y a n   z h e n g

伊　　　　　與
　　　　　孤
格　　　　　寂 *0*
　　　　　等
言　　　　　輕 *1*

2

想像我醒來時

室內無光

你正坐在床前

理齊你淡咖啡色的髮絲

在整座宇宙的黑暗裡

忙於擦亮我們的星球

（是的，貝貝

自戀情開始的那一日

每一天

我們都擁有一顆全新的星球……）

e g o y a n   z h e n g

伊　　格　　言　　　　　　　　與孤寂等輕　013

我願意笑

我願意讓黑暗浸泡

我願意在等待時

反覆凝視一扇結冰的窗

（玻璃反光穿入我的瞳孔，像我的身體

穿入它）

我願意睡眠

我願意牽你的手

讓你在惡夢中墜落時

能抓住我

我願意憂悒

我願意閉氣漂浮（時間如氣泡，靜音凝止於

我的身體）

我願意哭

我願意思索淚水

我願意忍受

烈焰與黑暗的折磨

我不願意後悔

伊　　與　0

格　　孤　1

言　　寂　

　　　等

　　　輕　4

七月二十五日，星期零

夢境購物週

螢火蟲開光盛典

母豬教徒萬聖節

莫名其妙紀念日——

（是的貝貝，我願意創造任何一群莫名其妙的節日
只為了能邀你參加慶祝的狂歡會）

egoyan zheng

伊

格

言

與孤寂等輕

0
1
5

背對城市，背對著滿樹紅葉

背對窗子的光暈

背對著聞起來

甜甜的香氣

背對著微雨後的群星

啊背對命運，背對著

整座城市的笑容

與天使們被遺忘的群戲

貝貝，而我還能寫詩

我能聽見你的眼淚

我觸摸得到你胃囊中

發亮的果實

但我的心還坐在城市沿河巡迴的雙層公車裡

當我專注於你

在我背後

它們就偷偷離去了

伊

格

言

與孤寂等輕

016

一本關於葡萄牙的書

放在桌上，你的聲音裡

里斯本的夜啊——

光天化日，愛情敞亮

寡婦開窗，玫瑰落下

電車走過叮叮響

心與心被碾碎在鐵軌上

伊

格

言

與
孤
寂
等
輕

0
1
7

起床後，整理床鋪

疊齊棉被與樹葉

清理一旁散落一地的小樹枝

正確排列草屑與花瓣

用喙尖將羽毛梳理乾淨

然後飛出去找東西吃──

（是的，貝貝

我差點都忘了

與你一起時

找總是能夠飛翔的……）

egoyan zheng

伊

格

言

與孤寂等輕

0
1
8

「你畫的細節好漂亮啊，」

你說，金箔如魚鰭般拍響：「我好喜歡——」

我沒有說話，但得意極了

（天使正對我耳語，弦與弦的滑音：

「像一個亞斯伯格症患者

突然學會芭蕾那樣的得意……」）

你的手指梳理著空氣

琴弓一般

在遠離了焦距的所有顏色背後

你的眼睛微雨，唇瓣開啟了

整個日光燦爛的夏天

貝貝，我祝福你

e g o y a n   z h e n g

在心的光圈裡

養一百圈笑的漣漪

「我真高興你喜歡，」我說：「聽，快門之外

燈光

燈光就是群星……」

伊

格

言

與　孤　寂　等　輕

0
1
9

夏天是我

小熊是我

你說你夢見昨晚

細雨降落在遙遠的銀河

所以還是下雨了呀。

你帶傘了嗎

我多麼害怕

你因在雨中睡去而著涼

你終於醒了嗎

你美好而透明的手指

陽光溫潤

egoyan zheng

群星間都是潔淨的空氣

當你比劃著它們

星球們不再彼此遠離

淚水與笑聲

就相愛了

我是草原

我是巨大的鮭魚

我是最初最純淨的宇宙

我是蜂蜜

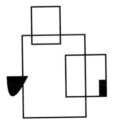

伊　　　　　與　0
　　　　　　　孤
格　　　　　　寂　2
　　　　　　　等
言　　　　　　輕　0

但所有我想抱怨的

都已抱怨過了

鱒魚多刺，愛人不來

恐怖情人尾生纏著柱子遲遲不走──

（柱子表示：困擾）

記憶的伺服器總是當機

今天的時間抄襲

昨天的時間

每天都有許多身材火辣的女生

加我好友

每一套比基尼都對我發出

友善的邀請

（彷彿如果全部答應，我就會

成為妹頭）

但那不是我的志願

我不認識她們之中的任何一位

因為無論白人黑人黃人

她們都有一個

歪果人的名字

而此刻雪又落下來了

我的小屋正困處於

昏黃的黑暗

心理分析師眉頭深鎖，試著揣摩

愛的定義：

「所愛者亦即──你必將之理想化

而終不可得；且必

憂慮其消逝，懼怕其死亡……」

火花微弱

光與影圍繞著街燈

　（後者正垂頭思索

發亮的意義）

我正想著，這世上沒有什麼

比雪更燙

沒有什麼冷過

墓碑上的鮮花

「但鯨魚們又到哪裡去了呢？」

問題不合時宜

說話比詩更徒勞

夏天的比基尼晾著又過了

一個冬季

沉沉入睡前

猛然被上帝的笑聲嚇醒

「哈哈哈哈哈——」

鱒魚多刺，愛人不來

恐怖情人尾生纏著柱子遲遲不走——

「所有我想創造的，都已被

創造過了……」

伊

格

言

與
孤
寂
等
輕

021

如何成為一隻獨行的狼？

當季風吹過

花開滿曠野

去年的死亡在

雪與冰中融化

枯草葉沙沙親吻小腿

傷痕在心上降落，如此

親切纏綿

風中我凝望遠方——

世界啊，你像一個

一再失約的人

伊　　　與
　　　　孤　0
　　　　寂
格　　　等　2
　　　　輕
言　　　　　2

如何仰望

如何仰望星辰？

當潮浪來回

脊骨於時間中硬化

美人魚的歌聲凝結於

永不解凍的他方

下沉，仰躺，深海無光

一萬公尺的孤獨啊

驀然想起

前世，我亦或曾

死於海洋

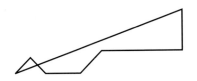

伊　格　言

與孤寂等輕

023

活著，讓臉誠實長出

某些表情：

眼之遲疑，眉之愁怨

鼻之哀戚，唇之羞恥

每日晨起，凝視鏡中的自己

一副軀體。坦白招認：

生命除此之外

別無長物

如何信仰愛與真誠？像是

一顆蘋果樹誠實地結出蘋果

一個橘子誠實地

被榨取汁液——

如何信仰生命？在一個

一切皆死去的世界裡

睡著時張開雙眼，審視夢境

夢中細數所有

來年的病症：

眼睛、眉毛、鼻樑、唇瓣……

世界啊，你是一個

處心積慮的謊言

伊　　　　　與　0
　　　　　　　孤
格　　　　　寂　2
　　　　　　　等
言　　　　　輕　4

記住我

記住未來

記住歌唱

因為它唱出了月亮

記住海洋，因為它

沒有翅膀卻能飛翔

記住魚群與森林，記住轉瞬即逝的浪花

記住渴望

記住早晨的鳥聲裡

宿命的歡愉

與悲傷

但生活始終比失水的皮膚更乾燥啊不是嗎

擁抱失約的戀人一如

擁抱群星：

生長，發光

腐爛，消亡

俯瞰舷窗

你是地球的昨日

回頭，島嶼在我的心上

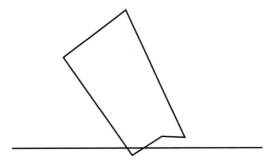

伊

格

言

與孤寂等輕

0
2
5

海水走近公路

雲層下降至人間

暴雨將至的黑暗中

狂風吹奏著

心的孔竅

不，貝貝，我不會承認

那些鳴響都是為了你

伊　　　　　　　與　0
　　　　　　　　孤
格　　　　　　　寂　2
　　　　　　　　等
言　　　　　　　輕　6

彷彿為了你

為了你離開時

雪上的足跡

為了思念你衣衫中

橫越整座湖面的黑暗

為了我被你作為

裝飾用的心

為了挽回敞開的心口

或終究難免的失去

貝貝，你放心

我還偷藏著一種

別針形狀的愛

把針尖卡上肋骨

蜷曲自己

就不可能再傷人了

伊

格

言

與
孤
寂
等
輕

0
2
7

「為什麼在我面前
你總是濕淋淋的？」

貝貝，你當然不會知道
你來的時候
我總剛剛回到童年的雨季
在伴著陽光的大雨裡
採收著一畦又一畦
無盡，無盡的金針花

伊

格

言

與孤寂等輕

0
2
8

時間之沙自我指尖流洩而去

造物啊，我仰望你

如大漠之蠍仰望沙暴中忽隱忽現的星辰

egoyan zheng

伊

格

言

與孤寂等輕

0
2
9

神祇離席後，輕輕擁抱

心之島嶼

暴雨之洋，無所不在的造物者啊

你是我廢棄的生命裡

唯一的同謀

伊

格

言

與孤寂等輕

030

噓，別說了
我其實知道
你的衣服為什麼老起毛球

我知道，生活的磨礪太多
不用再說了，你只須
轉過身去張開手。
我很高興不用看你的眼睛
不用看見那麼多
如此合身的寂寞

貓還會與痛
一起醒來嗎？

egoyan zheng

被抓傷的表皮只為了掩蓋

被擦傷的心

無風的下午，生活像

一次次通關檢查

先繳出許多本有的

新長的

都被沒收

我們都該去試試

新材質的生活吧？

在沒有觀眾的舞臺上

鼓起勇氣翻開一張牌

即使徒勞，即使──

噓，我也不說了

我其實知道

你穿過毛球與纖維的間隙

在看我

e g o y a n z h e n g

伊　格　言

與孤寂等輕

031

嚴冬降臨之前

背過身去的時候

我聽懂了

冰與冰的說話

為了取暖

焚燒自己的指骨

為了理解你昨夜的夢

學會其他物種的語言

為了嘗試飛翔

而墜落

伊

格

言

與孤寂等輕

0
3
2

有時抽筋

像唱到副歌最後升 key

以為接近終點

忽然又將你吊起

有些愛情令人抽筋

約會的時候像在重訓

情話說到一半

氣喘嘘嘘

這鬼哭神號的包廂啊，到處都是

換氣不順的男女

重要時刻，捨不得切歌又唱不上去

但開始的時候你不會知道——

開始的時候，他們總先騙你：

歡樂，真情，弘音心

e g o y a n   z h e n g

伊

格

言

與

孤

寂

等

輕

033

恐怖片太恐怖的話

可以閉上眼睛

但坐隔壁的情人可能會趁機

偷偷親你

沒有比在黑暗的電影院中被偷親

更恐怖的事了。愛情顯為一

巨大而難以擺脫之恐怖電影

不要相信情人

不要相信戲院

上樓時別搭電梯

補妝時別照鏡子。但

不用擔心逃不出去，因為

逃生門會自己打開

門外的迷宮裡

鬼在等你

egoyan zheng

伊
格
言

與　0
孤
寂　3
等
輕　4

我相信我無須學習

因為你已足以虛構整個世界的真理

伊

格

言

與　孤　寂　等　輕

0
3
5

安妮安妮，你怎麼了
都回到家了，該把鞋子
脫下來了吧？
收好天線般的軟觸角
甲殼卸作十六塊
按種類大小重新排列
每一塊脊椎，晾在陽臺

現在的你
還記得出廠時的太陽嗎
多久沒複習
雨和腳趾的觸感了呢
窗外總是黑夜

生命如此可疑

每日睡前，勉力為自己做個 CPR

心的矽膠都是裂痕

每一次按下的胸口

全數彈性疲乏

是一開始就加了太多糖吧？

以為每種病症總有它

應有的劑量：

安妮牌鈣片

安妮牌葡萄糖胺液

「因為安妮你有

鎂鋅銅錳？」

「不，」安妮回答：「其實我只有效用可疑的

一點點銅鋰鋅

請按每日建議劑量服用，多食

無益」

egoyan zheng

安妮安妮

你還好嗎？

曾經每次救活自己

都覺得世界大不同了對吧？

伊

格

言

與 0
孤
寂 3
等
輕 6

那終究是一首
適合在雪夜裡聆聽的歌吧？
哈美倫的吹笛手，海岸線上的魔法師
離去而終不復返的愛
名叫希望的烏鴉停棲於一座
永不到達的終站

未來會是一個
一切皆不再臨至的季節嗎？
叮叮作響的街車行過
面無表情的街景
車廂中，眾人無語
我睡進了一百個無血色的黃昏

時間凝止

塵埃構成的日光凍結著

十九世紀的拱廊街

何其漫長的旅程啊

　（令人明白的無非是，生命終將為

時間所構陷——）

然而在夢裡

我小聲，小聲地說，像一個

不抱希望的祈禱：

來，靠近我

靠近愛情淚濕的臉頰

靠近黑夜

凝視黑夜中，我敞開的瞳孔

花火

朵朵綻放——

那將是吹笛手再次現身的寒夜嗎？

醒來，於異國小城

時間已是多年後了

空間微雨

你的指腹微濕

若有似無的親吻降落在

我的額頭

寒冷中明滅不定的

是光的針葉

egoyan zheng

魔法師打著歡欣的手語

你說──笑著看我，笑著唱：
你醒了，你醒了
那麼許久，許久之前離去的孩子們
都該回來了吧？

egoyan zheng

伊　　格　　言

與　孤　寂　等　輕

0
3
7

你的衣領上有飯粒

你的齒縫間有菜渣

無須進食的日子裡

你帶著便當

但我並不打算提醒你

你的頭髮亂翹

你的腮紅酗酒

你的頸後沾了一滴刮鬍泡

躲在你裙褶裡的

是別人的撫摸和吻

egoyan zheng

但我一點拆穿你的意思都沒有

你的心背對著胸腔

你的瞳孔長了一朵黑色的花

你的視線穿透了我的身體

你沒和我說再見就走了

但醒來時，所有的光

都落在你的背影上

貝貝，我不明白

為何我始終記得這些小事

伊　格　言

與孤寂等輕

038

麻醉時，閉上眼睛就看見你
想起夢裡與你談過的那場戀愛
預後不佳，無以為繼

天氣太熱，靈魂太冰
手術臺上輾轉反側
像一條被金屬炙燒的鮭魚
所有愛情表面凝結的水珠
都長成了透明的鱗片

但你給的笑氣我都吸了啊——
「等等，仔細想想，」你說：
「你有感覺，但那不是痛，對吧？」

egoyan zheng

有道理，刀鋒其實未曾

劃破表皮，它僅是

輕輕撫摸而已

所有乾燥的鰓們都明白：如果夠渴

血水就會比回憶更甜了吧？

微光嘶嘶作響

夢中以為自己還在水裡

因一場劑量不足的麻醉而半途痛醒

胸口正忙著穿線——

清醒太多，昏迷太少

邊哭邊咳出血色的泡泡

趁傷口還開著，痛毆自己的內臟

我知道

這是所有關於你的手術裡

最難縫合的一種

伊

格

言

與孤寂等輕

039

俗話說：天有不測風雲

但那幾場議定西半球雲層分布的密會

我已全勤出席

憂鬱地帶的不定期流沙

我已採得樣品

去年秋季亞得里亞海的 47 個漩渦

業經總結匯報

研究報告表明：今夏，北冰洋又損失了

29 道情緒化的洋流

然而你就是我全部的旦夕禍福啊不是嗎？

貝貝，我知道關於氣候

你向來一無所知

egoyan zheng

包括昨日午後

突然毆擊我的心的那場冰雹

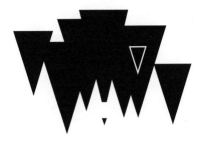

egoyan zheng

伊格言 · 言　　與孤寂等輕　0 4 0

後來

我又想起了許多事

空白與空白的間隙

難以黏合的心

謊言與背叛的突變品種

比每一座靜止的天堂

更乾淨無塵的疏離

但時間依舊是最後的終局吧貝貝？

是的，遺忘將治癒一切──

我始終不願相信

所有曾經的快樂

我全都不記得了

伊　　格　　言

與孤寂等輕

041

後來

每天凝視著一群藍色小人出現在

房間陰暗的一角

我總猜想

那些消失的孩子們，消失的我的

蒼白的臉

究竟去到了何處

哈美倫的吹笛手啊

壁櫥裡的世界

耳殼裡，時鐘滴滴答答

故事結束之前

眼睛們的窗簾都被拉上

egoyan zheng

所有疼痛的指節

一瞬間都變成了透明的獠牙

就靜坐在這裡，等待時間吸乾我的血

等待時間——

貝貝

你是我夢裡的德古拉

伊　　　　　　　　　與　0
　　　　　　　　　　孤
格　　　　　　　　　寂　4
　　　　　　　　　　等
言　　　　　　　　　輕　2

後來，天色就暗下來了

那是雨的預兆，就像

你的表情是風的預兆

你的手指是黑色苦楝樹的預兆

你的髮梢

是暴雪的預兆

你的瞳孔是罌粟花海的預兆

而愛情是昨日與死的預兆

昨日之我是今日之我的預兆

詩是破碎與腐爛的預兆

我是

你的預兆

egoyan zheng

伊

格

言

與 孤 寂 等 輕

0
4
3

燈光五秒請準備。

舞臺上，擺盪的鞦韆會別上

夜裡的星斗嗎？

許久之後，他們仍給我一樣的髮色，一樣燦爛的

曖昧的日出；在可能

重新演出的一個季節，漸次點亮的

那不勒斯之夜。而他們告訴我：

燈光五秒請準備。

許久之後，我仍看見

一樣的臉容，一尊瓦拉納西河畔

孤立的裸體，一種

蜜糖般融化的形象。但

餘暉仍被虛構為朝霞嗎？我或許該向你詢問
異國的前世：
許久之前，他們有那樣的髮色在她頸後
有一千片被蔚藍海岸烘焙的奶油麵包，有
塞納河溫柔微笑的眼波；但之於我，那
已都是寂寞了

走過午夜，從愛琴海聚光
嶄新的季節
你仍要我點數夜色的缺口嗎？
從熱帶的黃昏到
夜的雪地，這寒涼的耶路撒冷未至黎明；我看見
自己的淚水凝結在斑駁的哭牆，乾了

又濕

我仍得親手打亮你臉龐的燈光，如她唇上

伊比利半島的沙灘夏日。

而他們仍告訴我：那兒有——

一片海光迷離。這蔚藍的浪潮擁抱我霓虹的島

溫暖還徘徊在冬夜的後台，在一首嘹亮的

威尼斯之歌門前。你說

我要將死亡的可能刺在胸口嗎？如一隻

翩翩的別針，五彩磷粉

飛舞散落

別著，是緊握還是

egoyan zheng

鬆手？而他們仍說著、笑著，糖梨樹仍吟唱著
季節的歌，在規律明滅的時間裡。
我讓你走進燈光，而
她轉注你的過場，以聲音、顏色、形象、氣味，
和同樣蔚藍朝霞的臉龐。你說
那不會是落日的顏色吧？在
倒立的記憶和忽然錯置的節慶裡
沉默演出，一種失去方向的
開端或終場：

燈光五秒請準備。
許久之後，旅行的時光終究會離開記憶的季節吧？而
舞臺仍笑著、明滅著，當我打亮

地中海前世的日出，踢踏你溫柔的韻腳和

蔚藍的舞步

而我仍得站上許久之後的幕前嗎？彷彿單獨步上

後台石階，我憶起許久之前

此處的胸口曾經降雪——

而我終究必須遠離此地，前去

Exactly……

或許——

一個從未啟幕的季節

伊　格　言

與孤寂等輕

044

嘿，你也變魔術嗎

你確定變魔術

比寫詩好嗎

你確定

鴿子不會出現在

隔壁棚觀眾的褲子裡嗎

你知道

愛情終究比一副撲克牌

更不可測嗎

不要再相信他們了

穿過牆壁是會瘀青的

詩與玫瑰

終究是徒勞的

把我切開是毫無意義的

每天醒來打開箱子

誤以為能將自己重新組裝

但事實上

我早就死了

不要再鼓掌了

黑禮帽和手帕是不可信的

演得太認真是愚蠢的

穿那麼漂亮有什麼用呢

現在才把劍拔出來

已經來不及了

egoyan zheng

伊　　格　　言

與　孤　寂　等　輕

0
4
5

老闆誇你胸部巨大

你沾沾自喜

對打來提醒你刷卡重複的電話

誠摯道謝

心情好了三小時

就以為可以停抗憂鬱藥

笑點可疑，聽了不好笑的笑話

也在笑

難怪你被人生騙得團團轉啊

伊

格

言

與

孤

寂

等

輕

0

4

6

「許久以後，」你說：

「我將記得曾看見你垂頭行過門廊……」

是的，如街燈之隊列

一盞接一盞亮過

孤寂的冷夜，而後

盡數滅去

影子的暴雨啊

根的妄想——

貝貝，此刻請觸碰我

撫摸我濕漉漉的嘴唇、濕漉漉的頭髮

你知道，在未來的每一種記憶裡

這已是最終的神祇

最後的凝視

伊

格

言

與孤寂等輕

0
4
7

荒原無人

天頂垂落著

死亡的群星

河流覆雪經年

再無人傳誦

去年大陸的漂移

月光照拂枯草

每一支巨大的鹿角

皆已進化為獸骨

所有曾經的血與蹄印

我嶙峋崎嶇的心啊——
貝貝，你是我愛情
永恆的化石

伊　　格　　言

與　孤　寂　等　輕

0　4　8

我曾夢見你的眼睛

像鳥

我記得我曾清澈或潔淨

像藥

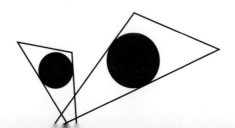

伊

格

言

與

孤

寂

等

輕

049

想像在夢裡遇見你，雪夜的

異國機場

天使們皆因地面結冰而放棄了起降

整個無眠的夜，塔臺播放著你

甜蜜的吟唱

廊道無人，我們是不是

遙遙相望的兩座燈箱呢？

貝貝，看著我

讓視線射穿心

讓我跟著你唱：

你是命運，無可逃躲

你是神祇私藏的美學，無法歸納

你是沉靜而分歧的枝椏，無從簡化

你是雪上的足印，斬釘截鐵

你是空氣

你是冷冽的呼吸

你是永不消融的手澤

你是，啊，冰晶與心

碎裂的脆響

後記：萬中選一的幻覺

與孤寂等輕

伊格言

01 　願望

　　什麼是願望呢？偶爾遇到必須寫「寫作態度」
或「得獎感言」或發表什麼明確文學意見的時
候我容易感到困惑。我並非對那些文字的目的
性或存在之價值感到困惑（有些人描述自己的
「寫作態度」時描述得好極了，不過那不是我），
我只是想到自己的願望。

　　每當有人需要我的「寫作態度」或「得獎感
言」時我無法不想到自己的願望。天氣濕冷，
我看見許多細碎的，漫步或躲藏於生活縫隙中
的雪白光線。那光線如此零碎，像是來自細小
的雨滴本身而非來自天幕或陽光。那些永恆的

雨滴。走過人行道，隔著圍牆，校園裡伸展出來的樹木枝幹將自己的一部分投擲於潮溼的地面上。那些或大或小的枝幹或藤蔓。或陰影。我感到自己的生命有種向它們——無論是枝幹或藤蔓——趨近的可能性。願望或大或小，生命本身又疼又慢。

我想遺棄它們。遺棄願望。或許就像我遺棄過去的自己。遺棄那個在晨光中醒來就會想立刻打電話給你的自己。反正你一定比我早起所以我不必怕吵到你。

但我好害怕吵到你。我好害怕。一切都像傷口，又疼又慢。

02 百葉窗

　夢中，百葉窗像是老電影一般篩過氣流，格柵或網狀的光線。我向來喜歡那種美麗的條紋，像我喜歡日落時分的室內那種總是帶著暗影痕跡的陽光。那或許已不是光線本身，而是光線的殘留，如同我們總錯覺光線依舊存在，但事實上光線只是「曾在」。「此曾在」。

　許多時候我等待時間推移（「推移」可能會被察覺，當你發現格柵角度的偏轉，像一座空氣中的懸浮日晷；或者以聽覺的形式，當你將耳朵貼近時鐘，聽見齒輪細密齧咬進耳輪；甚或它可能不以知覺的形式出現，當你只是身處

於那樣帶著暗影痕跡的光線裡，感覺自己就是那時光流逝的縫隙中無可迴避的暗影），在自己的幻覺中調整百葉窗的角度。在夢裡，讓自己決定篩過什麼、不篩過什麼，讓自己決定可以用百分之幾的心緒去想你，或迴避你。

　　迴避記憶。它們彷彿通過了意識的百葉窗，許多次之後，無可迴避地，在窗上積下的記憶的塵灰。

03　畫廊

　　我在午夜時分抵達那家畫廊。鹵素燈打亮著牆上和空間中的展覽品。整座畫廊空盪清冷。巨大的，挑高廠房般的清水混凝土空間，牆上的攝影圖像予人以死亡之印象，而場地正中央的裝置藝術作品（作品說明上提到那是碳纖維與某種合金的混合物，介於灰與白之間，帶有藝術家不知以何種方式形塑的淡褐色污漬）則類似某種金屬織物，古生物化石般的結構骨骼。我感覺眼前的一切都呈現著比我的死亡更令人興奮、折服或嘆息的美麗。

　　但突然我又對這一切感到厭煩了。不，不是

厭煩，是感傷，以及因過度感傷隨之而來的木然或無感（人極可能因為長時期經歷高強度的感傷而習慣或麻痺，局部性地）。如同在你面前，我將自己過去所有的欲望，野心，挫敗或對愛的信仰全數填裝在這巨大的空間中。它們於此被展示，在一個錯誤而又正確的時刻——午夜時分，城市靜謐，無雨，無塵，無光澤，除了我自身之外空無一人。

04 異形

　　家具發出聲響。地板發出聲響。玻璃或窗發出聲響。晴日無風，天光隨著時間流逝而慢慢黯淡下去。這不是屋室該發出聲響的時刻。我想像它們因為光線之撞擊而遭受了空間本身的推擠。推擠如異形般侵入了這屋室之空白，屋室之身體。那音樂來自空間的嘆息。

　　而我的愛如同異形。我的情感，我的寂寞也如同異形。我如同異形。它們以我的意識作為宿主，長成了我全然無法控制的模樣。它們推擠自身，推擠著我，推擠著那意識與意識間神祕的間隙。彷彿深夜森林，無數記憶的碎片分

布在黑暗中，占據著不明確的位置，吐納著無數微弱的鼻息，獸一般嗅聞著彼此的氣味。

　　我從夢裡醒來。感覺那些異形般的物事確實脫離了我，懸浮於我的身體之上。

　　一切都沉默了下來。它們輕輕吸吮著我的皮膚，輕盈的，靜電般的距離。

05 It doesn't make sense

　米蘭·昆德拉引用法蘭西斯·培根：「人類現在明白了，人就是個意外，是個毫無意義的生命體，只能毫無理由地將這個遊戲玩到最後。」

　如果我犯錯。如果我正經歷的終究只是自身生命的衰敗（在培根的畫裡，人的身體毫無理由，無理由至原本不應存在──像電視上那些親屬在波士頓馬拉松恐怖攻擊事件中意外喪生的人，那些未亡者的戰慄與眼淚：「It doesn't make sense.」那些亡者或傷殘者的鮮血與斷肢）。如果我的個人歷史終究只是偶然，一團隨機的聚合物。如果我負欠，並且可能在未來

不確定的生命中負欠更多。如果我可以掏空我自己，或增生我自己；如同我終究不可能明白那些痛楚與愉悅來自何處。如果對我而言，真有「存在」這件事，如果我持續老去，老去至遺忘那我曾身處其間的「經驗世界」中絕大部分的形形色色——

　　我將不再與你說話。我將不再對這個世界說話。我將不做任何表達。我將保持沉默。我將不會向任何對象傾訴我心中那些細微的光亮（那星芒偶然存在，如同《大亨小傳》中那盞隔岸的綠燈，飛蛾喪生其中的火焰）。我將不會讓自己的形貌在任何欲望中扭曲，或表述這樣的扭曲。

　　It doesn't make sense.

06 狼狽

最近不常見到牠們。偶然見到的一次，牠們顯然是來避雨的。

牠們是一對鳥。來的時候身上濕淋淋的，在我的窗臺。晨光照耀下，雨珠在牠們身上滯留，帶著溫潤的光芒。像珍珠。多數時候牠們保持沉默（儘管我知道冬天的時候牠們偷偷在我的熱水器底下築了一個巢——牠們覺得那裡比較溫暖？牠們喜歡加熱時那轟隆隆輕微的機器運轉聲？如果我是鳥，或許我會覺得那令我不那麼寂寞？偶爾我聽見咕咕咕的叫聲，不知道是不是牠們；儘管我也不知道那個小小的巢現在

怎麼了），偶爾彼此對望。我靠近的時候牠們凝視我，黑色的眼珠帶著某種鳥類的靜定；但當我更靠近一些，牠們就飛走了。

　　但牠們現在被淋濕了。未曾抖落的發亮雨珠使她們看起來美麗而狼狽。我想起那段日子裡我也就是這麼狼狽；那或許是因為我曾對你說：我的願望就是每日醒來時能看見你就在我身邊。

07　續稿未到

　　被編輯催稿的時候我很想搞笑地回應以「續稿未到，『萬中選一的幻覺』專欄暫停一次」。我真想這麼做，但終究明白那只能是個幻覺。而我們還擁有些什麼「不是幻覺」的實存之物？事實上很難。我的文字處理幻覺（誰叫我是個寫小說的？），我的生活填滿了妄想（比如妄想每天吃 Häagen-Dazs 而不會發胖），我的人際關係充滿了如履薄冰真幻不分的細微表情（我以為得罪了某甲其實沒有，我以為某乙喜歡我其實沒有），我的感情生活——呃，不提也罷。各種場合裡最常被讀者問到的問題總是「你的

egoyan zheng

那些靈感是怎麼來的呢？」

　　我寧可把這樣的問題視為一種讚美——他的意思應該是，你的小說中充滿了瑰麗的奇想，神祕的場景，令人大驚失色的情節轉折，「你的那些靈感是怎麼來的呢？」——我說了一段我自己聽得很開心的話，而我想這大概也是幻覺。事實是，我敲鍵盤，喝水，燙青菜，刷臉書，每天都覺得自己沒靈感，而我的人生似乎永遠續稿未到。

08 命運

「所以我可以信任你嗎？」她這樣問我。

當然可以。當然可以。我不是 FBI 的人，我也不隸屬於 CIA。但事實是，我寫過一本間諜小說，我對世間任何實存或虛構的陰謀充滿了興趣。我懷疑國際金價暴跌與緊接著發生的波士頓馬拉松恐怖行動是有關聯的——儘管並不必然。我傾向於相信真有神或某種最高主宰的存在——儘管我們所處的世界可能只是祂的一場妄夢，一個無關緊要的奇想，祂手機裡玩到膩了不想玩的遊戲 App（我們或許就像是那整排整排消失的糖果？）。昆德拉的名言：人類

一思索，上帝就發笑——我一點也不相信這件事，我比較相信上帝大概連發笑的興致都沒有，否則我就可以跟祂玩交友軟體了（我很樂意逗祂笑的）。

「所以我可以信任你嗎？」當然可以，當然可以呀。上帝的陰謀（或陽謀，或「計畫」，或任何與其「意圖」有關的配套措施）都屬於我的興趣範疇之一——儘管我也不相信上帝有任何陰謀。我們的人生應該都被放在祂手機裡一個叫做「命運」的 App（對，線上商店裡被分配在遊戲類）——但它最近好像沒開機。

09 愛是可能的

　　我喜歡看你表演。你一人分飾兩角。

　　關於「變成另外一個人」，事情是這樣的：
在那些你「變成另外一個人」的時刻，正常狀
態下我們稱之為表演——然而文學上此一主題
處理的往往是異常狀態（「表演」不在此一範
疇內）——譬如《天才雷普利》（騙子），《紐
約三部曲》（瘋子），《隱形怪物》（在愛情
的烈焰之中形銷骨毀之人，騙子兼瘋子），甚
或是我的《噬夢人》。問題是，真有「變成另
一個人」這回事嗎？答案是可疑的，因為，少
數時候，人原本並不真是「一個人」。人的人

格其實並不穩定──所謂「人格」本質上是個植物模樣的活物，隨時存有歧出蔓生的枝椏；其內裡存在曲折的，不可見的紋路。是一個固定的外表造成了「人有一個固定人格」的幻覺。當然，於此處，個體彼此之間也有相當大的差異：人格大致穩定的人好相處，人格不穩定的人則不好相處。

我喜歡看你的兩個角色彼此鬥嘴。她們有愛，那愛是甜的；而且某些時刻我確知她們其實是一個人──那令我覺得親切，令我覺得，我終究還有可能理解，愛是怎麼一回事。愛是可能的。

言
寺
60

與孤寂等輕

作者	伊格言
總編輯	陳夏民
編輯	達瑞
封面設計	小子
版面設計	adj.形容詞

出版	逗點文創結社
	地址｜330桃園市中央街11巷4-1號
	網站｜www.COMMABOOKS.com.tw
	電話｜03-335-9366
	傳真｜03-335-9303

總經銷	知己圖書股份有限公司
	台北公司｜台北市106大安區辛亥路一段30號9樓
	電話｜02-2367-2044
	傳真｜02-2363-5741
	台中公司｜台中市407工業區30路1號
	電話｜04-2359-5819
	傳真｜04-2359-5493

印刷	通南彩色印刷有限公司
ISBN	978-986-96837-3-9
定價	350元
	初版一刷 2019年2月14日

國家圖書館出版品預行編目（CIP）資料｜與孤寂等輕／伊格言著. —初版.—桃園市：逗點文創結社，2019.02｜176面；12.8×19公分. —（言寺；60）｜ISBN 978-986-96837-3-9（平裝）｜851.486｜107022751

與孤寂等輕

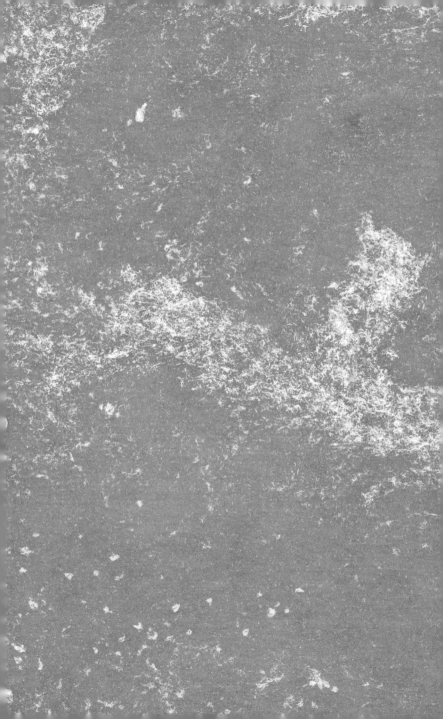

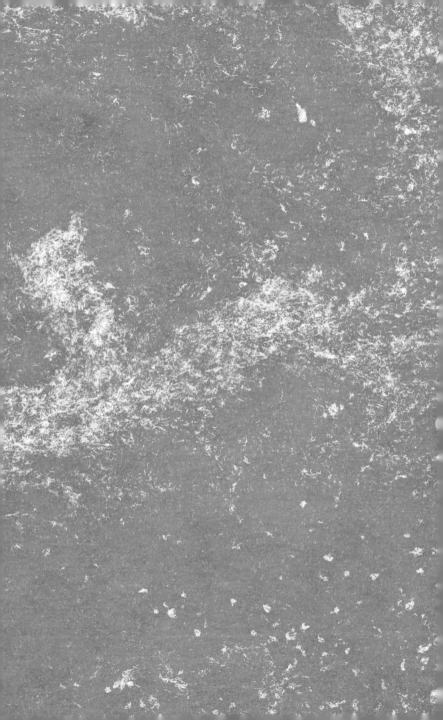